キツネのかぎや・8

透《とう》明《めい》人《にん》間《げん》のわな

三田村信行・作●夏目尚吾・絵

あかね書房

もくじ

登場人物《とうじょうじんぶつ》

★キツネのかぎや

かぎは、なんでもあける自信《じしん》をもっているこのシリーズの主人公《しゅじんこう》。毎回《まいかい》かぎにまつわる事件《じけん》に出《で》あうが、ゆうかんにいどんでゆく。

●なぞの透明人間《とうめいにんげん》

キツネのかぎやを銀行《ぎんこう》の金庫室《きんこしつ》によび出《だ》し、強盗《ごうとう》の犯人《はんにん》にしたててしまう。いったい何者《なにもの》なのか……。

●ブル警部補《けいぶほ》

「推理《すいり》は、これまで一《いち》ども外《はず》れたことはない。」と言《い》う、みどり警察署《けいさつしょ》の警部補《けいぶほ》。

●ヒョウの警部《けいぶ》

みどり警察署《けいさつしょ》の警部《けいぶ》。キツネのかぎやとは、友情《ゆうじょう》で結《むす》ばれている。

＊キツネのかぎやは、見《み》えない強盗《ごうとう》のわなにかけられてしまいます！

1 金庫室《きんこしつ》からの電話《でんわ》

ある日《ひ》の夜《よる》のことです。
駅前《えきまえ》の商店《しょうてん》がいのうらにあるキツネのかぎやの店《みせ》に、一本《いっぽん》の電話《でんわ》がかかってきました。

――もしもし、キツネのかぎやさんですか。みどり町《まち》のたんぽぽ銀行《ぎんこう》ですが、金庫室《きんこしつ》に、まちがってとじこめられてしまいました。すぐにきて、あけてください。うら口《ぐち》のドアがあいていますから、そこから入《はい》ってください。いそいでおねがいします！

「は、はい、すぐにまいります。」

キツネは、いそいでしたくをすると、店《みせ》をしめて、たんぽぽ銀行《ぎんこう》にむかいました。

じてん車《しゃ》で二十分《にじっぷん》ぐらいのところです。電話《でんわ》のとおり、うら口《ぐち》のドアには、かぎがかかっていませんでした。

キツネは、どうぐばこをかかえて、中《なか》に入《はい》っていきました。明《あ》かりのついているろうかをすすんでいくと、大《おお》きくてぶあつくて重《おも》そうなとびらがありました。

そのむこうが、金庫室《きんこしつ》のようです。

あんしん
たんぽぽ
UNENO KAGIYA
キ

ぎや

よく見《み》ると、五《ご》センチばかり、すきまがあって、そこから明《あ》かりがもれています。

「なんだ、あいてるじゃないか。」

キツネは、両手《りょうて》でとってをつかんで、力《ちから》いっぱい引《ひ》きました。

とびらは、ギギギギッときしみながらひらいていきます。

とびらのむこうには、もう一《ひと》つ、鉄《てつ》ごうしのとびらがありました。鉄《てつ》ごうしの間《あいだ》から、かべぎわにならんだ五《いっ》つの金庫《きんこ》が見《み》えました。

金庫《きんこ》のとびらは、みんなあいているようです。

へやのまん中《なか》には、どういうわけか、大《おお》きなトランクがおいてありました。

その上《うえ》にはパイプがのっかっていて、うっすらとけむりが立《た》ち上《のぼ》っています。

けれど、だれのすがたもありません。

「だれかいませんか。かぎやです。かぎをあけにきました。」

キツネが声《こえ》をかけると、トランクのかげからへんじが聞《き》こえてきました。

「鉄《てつ》ごうしのとびらのかぎをあけてください。ようじがあって中《なか》に入《はい》ったのですが、うっかりしめてしまって。そのとびらは、中《なか》からはあけられないようになっているのです。ほかにはだれもいないので、ケータイで電話《でんわ》したんです。早《はや》くあけてください。」

「わかりました。」

キツネは、さっそく二本《にほん》の細《ほそ》い鉄《てつ》の棒《ぼう》でしごとをはじめました。まず、まっすぐな棒《ぼう》をかぎあなにさしこんで、かぎの中《なか》のようすをさぐります。

それから先《さき》のまがった棒《ぼう》をさしこんで、かぎの中《なか》のとがったところに引《ひ》っかけて、カチリと音《おと》がするまでまわすのです。

かぎは、十分《じっぷん》ぐらいであきました。

「おまちどおさま。あきましたよ。」

キツネは、とびらをあけていきました。

すると、パイプがひょいと宙《ちゅう》にういて、ゆっくりととびらにむかってうごいてきました。

トランクが、そのあとをおうように、ガタガタとついていきます。

パイプとトランクは、おどろいて口《くち》をあんぐりあけているキツネのわきをすりぬけて、鉄《てつ》ごうしの外《そと》に出《で》ました。

そこでいったんとまったかと思《おも》うと、つぎのしゅん間《かん》、

「ごくろうさん。」

あざわらうような声《こえ》とともに、なにかかたいものがキツネの頭《あたま》にふりおろされ、キツネはそのまま気《き》をうしなってしまいました。

2 おまえをたいほする！

それからしばらくして、キツネは気《き》がつきました。ズキズキいたむ頭《あたま》をおさえながら、あたりを見《み》まわしました。金庫室《きんこしつ》の中《なか》でした。

キツネは立《た》ち上《あ》がって、鉄《てつ》ごうしのとびらにかけよりました。とびらはしまって、かぎがかかっています。

「だれかいませんかあ。たすけてください！」

キツネは大声《おおごえ》でさけびました。

すると、ドタドタと足《あし》音《おと》がして、大《おお》ぜいの警官《けいかん》がかけこんできました。

そして、その後《うし》ろから、大男《おおおとこ》のブルドッグがのっしのっしと歩《あゆ》みよってきます。

大男《おおおとこ》のブルドッグは、鉄《てつ》ごうしのとびらのかぎをあけて、とびらをひらいてくれました。

「ありがとうございます。たすかりました。」

ほっとして外《そと》へ出《で》たとたん、キツネはとびかかってきた警官《けいかん》におさえつけられ、カチリと手錠《てじょう》をかけられてしまいました。

「おれは、みどり署《しょ》の
ブル警部補《けいぶほ》だ。おまえを
銀行強盗《ぎんこうごうとう》でたいほする！」
大男《おおおとこ》のブルドッグが、かち
ほこったように言《い》いました。

「ま、まってください。こ、これはなにかのまちがいです！」

「まちがいなんかではない。」

ブル警部補《けいぶほ》は、ブルブルっとほおの肉《にく》をゆすらせて、首《くび》をふりました。

「今《いま》から三十分《さんじっぷん》ほど前《まえ》、みどり署《しょ》に電話《でんわ》があったのだ。『たんぽぽ銀行《ぎんこう》のそばを通《とお》ったら、うら口《ぐち》のドアがあいていました。なにかあったのかもしれません。しらべてみてください』ってな。それで、いそいでかけつけてみると、銀《ぎん》行《こう》の警備員《けいびいん》が、警備員室《けいびいんしつ》にしばられてころがっていた。

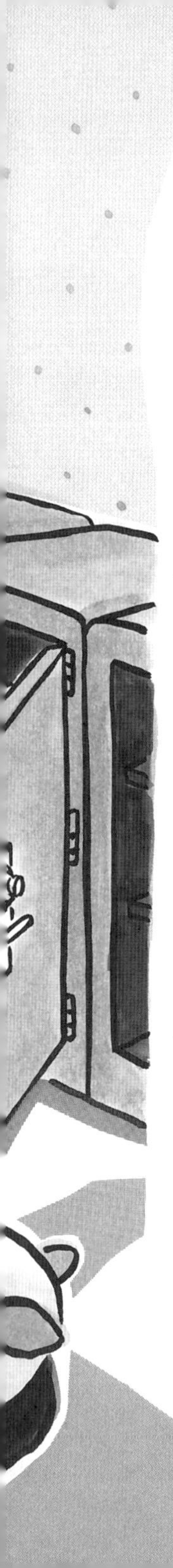

だれかになぐられたあと、しばられたようだ。そして、おまえが金庫室《きんこしつ》の中《なか》にいた。おまけに五《いつ》つの金庫《きんこ》はみんなからっぽだ。これでは、だれが見《み》ても、おまえが銀行強盗《ぎんこうごうとう》であることは明《あきら》かではないか。」

真実一路

ブル警部補《けいぶほ》は、フンと鼻《はな》をならしました。

「おそらく、おまえにはなかまがいるにちがいない。そのなかまと金《かね》の分《わ》け前《まえ》でけんかになって、おまえは金庫室《きんこしつ》にとじこめられた——というのが、おれの推理《すいり》だ。おれの推《すい》理《り》はこれまで一《いち》ども外《はず》れたことはない。な、そうだな。」

ブル警部補《けいぶほ》は、とくいそうにむねをそらして、警官《けいかん》たちをふりかえりました。

「はーい。ブル警部補《けいぶほ》の推理《すいり》は、一《いち》ども外《はず》れたことは、ありませーん！」

警官《けいかん》たちは、いっせいにうなずきました。

「とんでもない。外《はず》れも外《はず》れ、大外《おおはず》れですよ。ぼくの話《はなし》を聞《き》いてください！」

キツネがわめくと、ブル警部補《けいぶほ》は顔《かお》をまっ赤《か》にして、どなりました。

「うるさい！　言《い》うことがあるなら署《しょ》で聞《き》いてやる。こいつをさっさとつれていけ！」

キツネはたちまち警官《けいかん》たちに腕《うで》をつかまれ、パトカーにおしこまれてしまいました。

3 犯人《はんにん》は透明人間《とうめいにんげん》？

「では、おまえの話《はなし》を聞《き》いてやるとするか。」

みどり署《しょ》につくと、ブル警部補《けいぶほ》は、おんきせがましく言《い》いました。

そこでキツネは、店《みせ》にかかってきた電話《でんわ》のこと、金庫室《きんこしつ》に大《おお》きなトランクがおいてあったこと、トランクのかげから声《こえ》がしたこと、金庫室《きんこしつ》の鉄《てつ》ごうしのとびらのかぎをあけてやると、トランクがひとりでに外《そと》へ出《で》ていったこと、そしてそのあと、だれかになぐられて気《き》をうしなってしまったことなどを、くわしく話《はな》しました。

「あのなあ、うそをつくなら、もうちょっとほんとうらしいうそをついたらどうだ。」

ブル警部補《けいぶほ》は、あきれたようにキツネを見《み》やりました。

「すがたが見《み》えないのに声《こえ》が聞《き》こえただの、トランクがひとりでにうごいただの、それじゃあ、まるで透明人間《とうめいにんげん》みたいじゃないか。」

「透明人間《とうめいにんげん》……!?」

キツネは、はっとしました。

「そうです、そうにちがいありません。

パイプのことをわすれてました。トランクといっしょに、けむりを立《た》ち上《のぼ》らせたパイプも、宙《ちゅう》にういてうごいてきたんです。犯人《はんにん》はパイプたばこをすう透明人間《とうめいにんげん》で、トランクには金庫《きんこ》の金《かね》が入《はい》っていたんです！」

「いいかげんにしろ！」

ブル警部補《けいぶほ》は、ドンとつくえをたたいて、ぐいっとキツネに顔《かお》をよせました。

「へたな作《つく》り話《ばなし》につきあっているひまはない。どんなことをしても、おまえの口《くち》からなかまの名前《なまえ》をはかせてやる。おれは〝かみついたらけっしてはなれないブル警部補《けいぶほ》〟とおそれられてるんだ。かくごしとけ！」

ブル警部補《けいぶほ》の鼻《はな》いきが、キツネの顔《かお》にかかりました。

キツネは、ふるえあがりました。

このままだと、どんな目《め》にあわされるかわかりません。

「ちょ、ちょっとまってください。ぼ、ぼくが銀行強盗《ぎんこうごうとう》などするわけがないことは、ヒョウの警部《けいぶ》がよく知《し》っています。ヒョウの警部《けいぶ》に聞《き》いてみてください。」

キツネは、知《し》りあいのヒョウの警部《けいぶ》の名前《なまえ》を口《くち》にしました。

「ふふん。そいつはざんねんだったな。ヒョウの警部《けいぶ》は、遠《とお》くの町《まち》に出《で》かけていて、とうぶんは帰《かえ》ってこないぜ。」

ブル警部補《けいぶほ》は、大《おお》きな口《くち》をあけて、あざわらいました。

真実一路

4 キツネのけっしん

それから三日《みっか》の間《あいだ》、キツネはブル警部補《けいぶほ》のきびしいとりしらべをうけました。けれど、やっていないものは、やっていないと言《い》うしかありません。

「ぼくは、銀行強盗《ぎんこうごうとう》などやっていません。なかまなんかもいません。」

キツネは、きっぱりと言《い》いきりました。

「おまえも、ごうじょうなやつだな。」
さすがのブル警部補《けいぶほ》も、あきらめたのか、
四日目《よっかめ》にキツネを帰《かえ》してくれました。

「やれやれ、とんだ目《め》にあった。」

三日《みっか》ぶりに店《みせ》にもどったキツネは、

「いやなことは、もうわすれよう。」

と、しごとにはげむことにしました。

ところが、そうはいきませんでした。

その夜《よ》、店《みせ》をしめようと表《おもて》に出《で》たキツネは、店《みせ》のななめ右《みぎ》の電柱《でんちゅう》のかげに、さっとかくれた人《ひと》かげに気《き》づきました。

その顔《かお》に見《み》おぼえがありました。とりしらべのときにいた、ブル警部補《けいぶほ》の部下《ぶか》の刑事《けいじ》だったのです。

キツネのかぎや

つぎの日《ひ》の朝《あさ》、店《みせ》をあけながらそっとようすをうかがうと、べつの刑事《けいじ》が電柱《でんちゅう》のかげにひっそりと立《た》っていました。
どうやら、交代《こうたい》でキツネの店《みせ》を見《み》はっているようでした。
そればかりではありません。
昼《ひる》ま、かぎをなおしに行《い》くときも、キツネは、じてん車《しゃ》のあ

とを黒《くろ》い車《くるま》がゆっくりとあとをつけてくるのに気《き》がつきました。

ちらっとふりかえると、車《くるま》の助手席《じょしゅせき》で、ブル警部補《けいぶほ》があわてて顔《かお》をかくすのが見《み》えました。

「そうか。ブル警部補《けいぶほ》はぼくをまだうたがってるんだ。ぼくを見《み》はっていれば、かならずなかまにあうだろうと思《おも》って、わざ

とあきらめたふりをして警察《けいさつ》から帰《かえ》したにちがいない。」
そういうことだと、犯人《はんにん》がつかまらないかぎり、警察《けいさつ》に
おいまわされることになります。
「こうなったら、自分《じぶん》で犯人《はんにん》をつかまえるしかない。」
キツネはけっしんしました。犯人《はんにん》をつかまえれば、ブル警部《けいぶ》
補《ほ》のうたがいをはらすことができるのです。
けれど、どうやったら〝透明人間《とうめいにんげん》〟の犯人《はんにん》をつかまえるこ
とができるのでしょうか。
「うーん、むずかしい……。」

キツネは、三日三晩《みっかみばん》かんがえて、ようやくある方法《ほうほう》を
思《おも》いつきました。
「よし。これならぜったいだ！」

5 透明人間《とうめいにんげん》のおとし物《もの》

よく日《じつ》の朝《あさ》の新聞《しんぶん》に、こんな広告《こうこく》がのりました。

"透明人間《とうめいにんげん》へ"

先週《せんしゅう》の火曜日《かようび》の午後《ごご》八時《はちじ》ごろ、みどり町《まち》のたんぽぽ銀行《ぎんこう》の金庫室《きんこしつ》におとしていった物《もの》をひろってもっています。かえしてほしかったら、きょうから三日《みっか》いないに、ちょくせつ店《みせ》にとりにきてください。三日《みっか》いないにこないときには、警察《けいさつ》にとどけます。

キツネのかぎや

「ふふ。これを見《み》れば、あいつはかならずあらわれる。警《けい》察《さつ》にとどけられたら、身元《みもと》がわかってしまうかもしれないからな。」

自分《じぶん》がのせた広告《こうこく》を見《み》ながら、キツネはにやりとわらいました。

ところが、それからがたいへん。なにしろあいては、透《とう》明人間《めいにんげん》です。すがたが見《み》えないのですから、やってきたとしてもわかりません。うっかりしていると、こないだみたいに、いきなりなぐられて、気《き》をうしなっている間《あいだ》に、おとし物《もの》をもちさられてしまうかもしれません。

「しまった。そこまではかんがえなかった……。」

キツネは、その日《ひ》から、ガタッと物音《ものおと》がするとビクッとふりかえり、ミシッとゆかいたがきしむとギョッとしてとびのき、店《みせ》のドアがひらくたびに、「うわっ。」とさけんでとび上《あ》がりそうになりました。

夜《よる》は夜《よる》で、いつ、透明人間《とうめいにんげん》がやってくるかと、じっと息《いき》をひそめ、どんなにかすかな気配《けはい》でも感《かん》じとろうと耳《みみ》をすまし、全身《ぜんしん》の神経《しんけい》をとぎすましてまちかまえました。

おかげで、一睡《いっすい》もできませんでした。
二日目《ふつかめ》。キツネは、ねぶそくではれぼったい目《め》をこすり

ながらまちかまえましたが、
透明人間《とうめいにんげん》はやってきません。
いよいよ三日目《みっかめ》になりました。
キツネは、朝《あさ》から、
「ふわーっ、ふわーっ。」
とあくびをくりかえしながら、
店《みせ》にすわっていました。
けれど、透明人間《とうめいにんげん》がやってきた気配《けはい》はありません。

「新聞《しんぶん》の広告《こうこく》を見《み》なかったのかなあ。」

つぶやきながら、キツネはこっくりこっくり、いねむりをはじめました。

「もしもし、かぎやさん、かぎやさん。」

だれかによばれて、キツネは目《め》をさましました。

目《め》の前《まえ》に、ソフトぼうをまぶかにかぶり、えりを立《た》て、コートをきこんだ、いやに白《しろ》い顔《かお》をした男《おとこ》が立《た》っていました。

「い、いらっしゃいませ……。」

キツネは、あわてて体《からだ》をおこしました。そのとたん、プーンとパイプたばこのにおいが鼻《はな》をつきました。

「お、おまえは……！」

「そう、わたしだよ。透明人間《とうめいにんげん》。」
男《おとこ》はうなずいて、手ぶくろをはめた両手《りょうて》で顔を外《はず》しました。
それは白《しろ》いお面《めん》で、その下《した》には顔《かお》がありませんでした。

6

宙《ちゅう》にうくピストル！

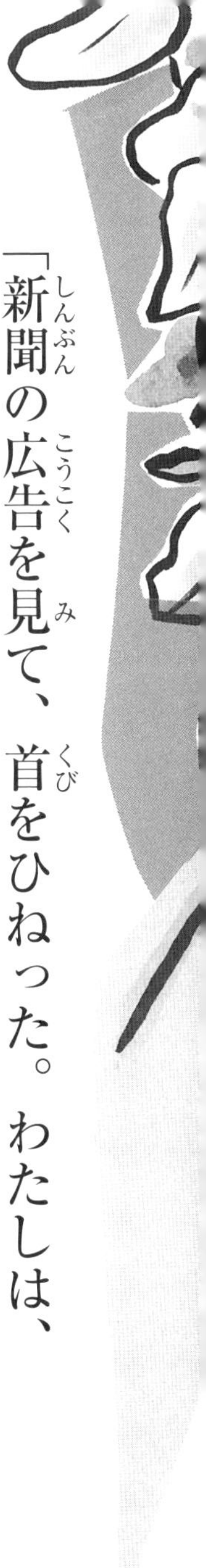

「新聞《しんぶん》の広告《こうこく》を見《み》て、首《くび》をひねった。わたしは、あのとき、なにもおとしたおぼえはなかったからね。」

透明人間《とうめいにんげん》は、ソフトぼうをぬぎました。

コートのえりから上《うえ》には、なにもありません。

「けれど、おとしたことを自分《じぶん》では気《き》がつかないでいることもある。もし、それを警察《けいさつ》にとどけられたら、たいへんだ。わたしの身元《みもと》がわかってしまう。」

透明人間《とうめいにんげん》は、コートをぬぎました。

コートの下《した》には、体《からだ》がありませんでした。

キツネの

「しかし、わたしを引《ひ》っかけるわなともかんがえられる。どうしようかとまよったが、とにかく、こうしてやってきたというわけだ。」

声《こえ》といっしょに、ひょいとピストルが空中《くうちゅう》にあらわれました。

「さあ、ひろった物《もの》をおとなしくわたせ。わたしをだまそうとしたら、命《いのち》はないぞ！」

宙《ちゅう》にういたピストルが、キツネのひたいにせまります。

「わ、わかりました。わたしますよ。」

キツネは、両手《りょうて》を上《あ》げながら、店《みせ》のすみに歩《ある》いて行《い》きました。宙《ちゅう》にういたピストルがそのあとからついていきます。

「おとし物《もの》は、ここにしまってあります。」

キツネは、すみにおいてある小《ちい》さな金庫《きんこ》を指《ゆび》さしました。

「あけろ。」

キツネは、しゃがんで金庫《きんこ》のダイヤルに指《ゆび》をかけました。

左右《さゆう》に何回《なんかい》かまわして数字《すうじ》をあわせ、とってを引《ひ》きました。

けれど、とびらはひらきません。

「おかしいなあ。」

「どうしたんだ。」

「この金庫《きんこ》は、お客《きゃく》さんからかぎのしゅうりをたのまれてあずかったものなんです。しゅうりはおわってるんだけど、またどこかおかしくなったのかなあ。」

「どけ。」

ふいに肩《かた》に見《み》えない手《て》がかかり、キツネは強《つよ》い力《ちから》で後《うし》ろに引《ひ》っぱられ、しりもちをつきそうになりました。

金庫《きんこ》のとってが、ガタリとうごきました。

「なんだ、あくではないか。さては、わざとあかないふり

をしたな。ふふん、わたしを
だまそうとしたって、
そうはいかないぞ。」

あざわらうような声《こえ》とともに、金庫《きんこ》のとびらがいきおいよくひらきました。

そのとたん、金庫《きんこ》の中《なか》からシューッと赤《あか》い液体《えきたい》がいきおいよくふき出《だ》したかと思《おも》うと、空中《くうちゅう》に赤《あか》いペンキでいろどられたパンダの顔《かお》が、ぱっとうかび出《で》ました。

「あ、あんたは……！」

キツネがさけびました。

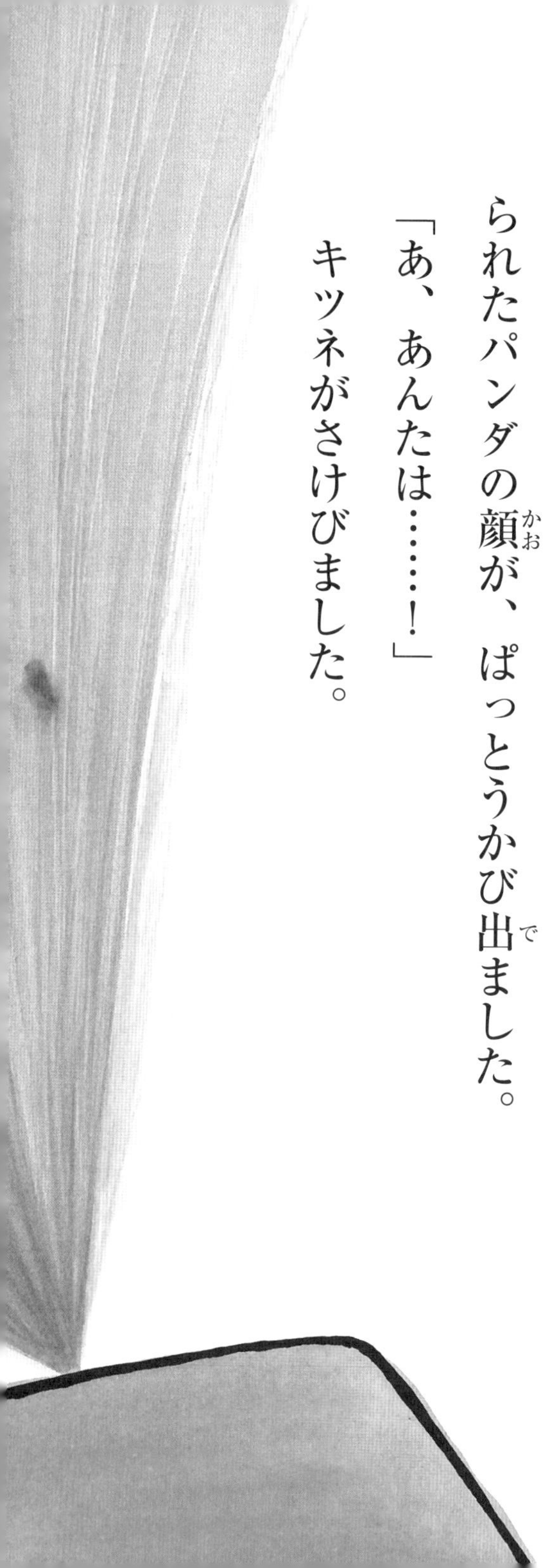

「し、しまった！」

赤《あか》いパンダは、身《み》をひるがえして店《みせ》をとび出《だ》しました。

7 ブル警部補《けいぶほ》、あやまる

店《みせ》の外《そと》では、ブル警部補《けいぶほ》と部下《ぶか》の刑事《けいじ》たちがまちかまえていました。

「透明人間《とうめいにんげん》、ごようだ！」

さすがの透明人間《とうめいにんげん》も、赤《あか》いペンキで顔《かお》があらわれてしまってはおしまいです。刑事《けいじ》たちに、赤《あか》い顔目《かおめ》がけてとびかかられ、あっさりとつかまってしまいました。

透明人間《とうめいにんげん》の正体《しょうたい》は、パンダ研究所《けんきゅうしょ》のパンダはかせでした。

パンダはかせは、水《みず》をガソリンにかえる研究《けんきゅう》をしていたのですが、お金《かね》がなくなって研究《けんきゅう》がつづけられなくなってしまいました。
そんなとき、薬品《やくひん》をまぜあわせているうちに、ぐうぜん、透明薬《とうめいぐすり》ができてしまったのです。
この薬《くすり》は、のむと、三時間《さんじかん》ばかり体《からだ》が透明《とうめい》になります。

はかせは、これをつかって透明《とうめい》人間《にんげん》になり、たんぽぽ銀行《ぎんこう》にしのびこんでお金《かね》をうばおうと思《おも》いつきました。そのお金《かね》で、研究《けんきゅう》をつづけるつもりでした。

計画《けいかく》はうまくいきました。

ところが、トランクにお金《かね》をつめて金庫室《きんこしつ》を出《で》ようとしたとき、入《はい》るときにうっかり鉄《てつ》ごうしのと

びらをしめてしまったことに気《き》がつきました。
中《なか》からあけようとしましたが、だめです。このまま時間《じかん》がたてば、薬《くすり》がきれて、まるはだかで金庫室《きんこしつ》にいることがわかってしまいます。
あわてたパンダはかせは、もっていたケータイで、キツネに電話《でんわ》をしたのです。

キツネには、ひと月《つき》ほど前《まえ》に、研究所《けんきゅうしょ》の金庫《きんこ》のかぎをしゅうりしてもらったことがありました。

そのとき、キツネの店《みせ》の電話番《でんわばん》号《ごう》をおぼえておいたのです。

警察《けいさつ》に電話《でんわ》したのも、はかせでした。そうしておけば、キツネが銀行強盗《ぎんこうごうとう》の犯人《はんにん》と思《おも》われて、警察《けいさつ》につかまるとかんがえたからです。

こうしたことは、すべてブル警部補《けいぶほ》のとりしらべで明《あき》らかになったのでした。

とりしらべが一段落《いちだんらく》したある日《ひ》、ヒョウの警部《けいぶ》が、ブル警部補《けいぶほ》をつれてキツネの店《みせ》にやってきました。

「やあ、こんどはとんだ目《め》にあったねえ。わたしがいれば、きみをうたがうようなまねはさせなかったんだが……。」

そう言《い》いながらヒョウの警部《けいぶ》は、ブル警部補《けいぶほ》をキツネの前《まえ》におしやりました。

安心はドアー！

「そんなわけで、ブルくんが、きみにあやまりたいと言《い》うのでつれてきた。まあ、しごとねっしんでやったことだから、ゆるしてやってくれたまえ。」

「おれの推理《すいり》はまちがっていた。このとおりだ。かんべんしてくれたまえ。」

ブル警部補《けいぶほ》は、体《からだ》を二《ふた》つにおって、キツネにあやまりました。

「いいんですよ。事件《じけん》がかいけつして、ぼくもすっきりしましたから。」

キツネのことばに、ブル警部補《けいぶほ》はほっとしたように頭《あたま》を上《あ》げました。

「ところで、一《ひと》つ聞《き》きたいんだが、透明人間《とうめいにんげん》のおとし物《もの》ってなんだったたんだね。」

「ああ、あれですか。」

キツネは、にやりとわらいました。

「あれはうそです。ぼくはなんにもひろってはいません。透明人間《とうめいにんげん》がぼくをわなにはめて金庫室《きんこしつ》にとじこめたように、ぼくもなにかひろったふりをして、透明人間《とうめいにんげん》をおびきよせ、金庫《きんこ》のとびらをひらくようにしむけたんです。とびらをひらいたとたんに、赤《あか》いペンキがふき出《だ》すようなしかけをしておいてね。それにしても、あれはおかしかったなあ！」

空中《くうちゅう》にうかんだ赤《あか》いパンダの顔《かお》を思《おも》い出《だ》して、キツネは大《おお》わらいしました。

パンダはかせは、けいむ所《しょ》に入《い》れられましたが、世《よ》の中《なか》のためになるというので、とくべつにゆるされて、けいむ所《しょ》で、水《みず》をガソリンにかえる研究《けんきゅう》をつづけているそうです。

★知《し》ってるとトクする情報《じょうほう》がいっぱい！

なんでもあけます

キツネのかぎや新聞《しんぶん》

2005年
11月発行
●発行所●
キツネのかぎや

透《とう》明《めい》人《にん》間《げん》とは!?

『透明人間《とうめいにんげん》』は、一八九七年《ねん》イギリスで出版《しゅっぱん》された本《ほん》で、作家《さっか》はH《エイチ》・G《ジー》・ウェルズと言《い》うんだ。

ある日《ひ》、アイピング村《むら》の宿屋《やどや》「駅馬車亭《えきばしゃてい》」にぼうしをふかくかぶり、ほうたいでまいた顔《かお》をかくすように外《がい》とうを着《き》た奇怪《きかい》な男《おとこ》がやってきた。それから村《むら》では、ふしぎな事件《じけん》がつづいた。その男《おとこ》グリフィンこそ、「透明人間《とうめいにんげん》」だった。かれは発明《はつめい》した薬《くすり》で、体《からだ》の色素《しきそ》をのぞき、透明《とうめい》になったのだ……。

つづきは、みどり町《まち》ニコニコ書店《しょてん》で本《ほん》を買《か》って読《よ》んでね！

●ブル警部補《けいぶほ》のブルブルなぞなぞだよ！

① ブルはブルでも、はたらく車《くるま》のブルは、なあに？

② ブルはブルでも、食事《しょくじ》するつくえは、なにブルかな？

③ ブルはブルでも、あまい木《き》のみのブルは、なあに？

④ ブルはブルでも、あたたかい上着《うわぎ》のブルは、なあに？

⑤ ブルはブルでも、きゅうな坂《さか》をのぼる電車《でんしゃ》のブルは、なあに？

●【透明《とうめい》】の意味《いみ》
すきとおって向《む》こうがよく見《み》えること。すみきっていること。にごりがないこと。
「——なガラス」「——な水《みず》」「——な音《おと》」「——な空《そら》」「——な色《いろ》」などにつかう。

かぎのことなら、キツネのかぎやへ！
どこでも行《い》きます、すばやく行《い》きます。
キツネのかぎやを　よろしく！

《にがお絵《え》コーナー》

斉藤朋美（神奈川県）

安部博記（埼玉県）

神田歩実（東京都）

溝尻寧々（京都府）

内村かおる子（東京都）

宮代啓史（滋賀県）

河田　翼（東京都）

水谷来夢（大阪府）

川辺恵美（千葉県）

●キツネのかぎやについて知《し》りたいことや聞《き》きたいこと、にがお絵《え》などを葉書《はがき》に書《か》いて、
〒101-0065　東京都千代田区西神田3-2-1　あかね書房「キツネのかぎや」係《がかり》まで
どんどんおたよりください。葉書《はがき》には、自分《じぶん》の住所《じゅうしょ》・名前《なまえ》・郵便番号《ゆうびんばんごう》をはっきりと書《か》いてください。

《なぞなぞのこたえ①ブルドーザー②テーブル③ブルーベリー④ブルゾン⑤ケーブルカー》

★透明人間《とうめいにんげん》になっても、悪《わる》いことをすればかならずつかまります。もちろんお出《で》かけには、かぎをしっかりかけよう。

著者紹介《ちょしゃしょうかい》

作者●三田村信行（みたむら　のぶゆき）

1939年東京に生まれる。早稲田大学卒業。

作品に、『ぼくが恐竜だったころ』『風の城』（ほるぷ出版）「キャベたまたんていシリーズ」（金の星社）「ウルフ探偵シリーズ」（偕成社）「ふしぎな教室シリーズ」（フレーベル館）「ネコカブリ小学校シリーズ」（PHP研究所）「三国志」（全5巻・ポプラ社）『おとうふ百ちょうあぶらげ百まい』「へんてこ宝さがしシリーズ」全4巻（ともにあかね書房）など、多数がある。東京都在住。

＊＊＊

画家●夏目尚吾（なつめ　しょうご）

1949年愛知県に生まれる。日本児童出版美術家連盟会員。現代童画会新人賞受賞。

絵本に『ライオンさんのカレー』（ひさかたチャイルド）『コロにとどけみんなのこえ』（教育画劇）『めんどりとこむぎつぶ』（フレーベル館）。さし絵に『より道はふしぎのはじまり』（文研出版）『ぼくらの縁むすび大作戦』（岩崎書店）『ふるさとはヤギの島に』『悪ガキコンビ初恋大作戦』（ともにあかね書房）など、多数がある。東京都在住。

キツネのかぎや・8　『透明人間のわな』　ISBN978-4-251-03888-3
発　行●2005年11月初版　2018年4月第五刷　NDC913／77ページ／22cm
作　者●三田村信行　画　家●夏目尚吾
発行人●岡本光晴
発行所●株式会社あかね書房　〒101-0065 東京都千代田区西神田 3-2-1　電話（03）3263-0641（代）
印刷所●錦明印刷株式会社　製本所●株式会社ブックアート